Jack o Estripador
Erika Sanders

Sinopse

Tamara não sabia e nunca saberia o que aconteceu depois disso.

Tudo o que ela se lembrava era do súbito e ofuscante flash de luz prateada, uma sensação de queimação em sua garganta, e sua cabeça erguida pelo cabelo.

De repente, era impossível respirar.

Ela lutou, tentando afrouxar o aperto, mas descobriu que seus braços pareciam pesos de chumbo e seu foco estava embaçado...

Nota sobre a autora:

Erika Sanders é uma escritora de renome internacional, traduzida em mais de vinte idiomas, que assina seus escritos mais eróticos, longe de sua prosa habitual, com seu nome de solteira.

Índice:

JACK O ESTRIPADOR
ERIKA SANDERS

CAPÍTULO I

Tamara deitou-se silenciosamente sob o homem, fechando os olhos ao ver seu rosto feio e contorcido, mas mantendo as pernas abertas o máximo possível. Ele não podia reclamar; afinal, ele estava limpo e tinha tomado banho recentemente, então seu cheiro não era o problema. Era seu intestino. Eu nunca deveria ter decidido colocar um homem gordo na cama, mas $ 400 era demais para deixar passar. $ 400 dólares, sem sela. Sua barriga pressionava contra seu abdômen e era quase impossível para ele respirar fundo. Além disso, seus pelos pubianos estavam esfregando seu clitóris em carne viva e estava ficando doloroso.

Finalmente, ele acelerou, fodendo com ela como se sua vida dependesse disso e bateu em seu buraco já dolorido até que ele gozou. Ele empurrou para cima com cada ejaculação, fazendo-a pensar em uma baleia saltando para fora da água, e quatro jatos molhados depois, ele rolou para cima dela, ambos ofegantes.

Ele enxugou o rosto e olhou para ela. "Você estava bem".

"Ah, obrigado." Ela se sentou e deu um tapinha em sua barriga latejante. "Você se importa se eu usar seu banheiro?"

"Nem um pouco. Apenas seja rápido. Minha esposa estará de volta a qualquer minuto."

Tamara se levantou, apertando as pernas para evitar que seu esperma aquoso escorresse. Ele conseguiu segurar a maior parte até que ele pudesse sentar no vaso sanitário e usar seus músculos para espremê-lo. Ela usou algumas bolas de papel higiênico para limpar a bagunça, esfregando o interior de suas pernas e tentando secar a renda em cima de suas ligas e meias. Nada mal, pensou ele. Ele deu a descarga e voltou para o quarto do hotel, perguntando-se se havia algum chuveiro em seu quarto. Talvez eu tivesse que pegar um pouco no caminho para casa.

"Você estará em Essex amanhã?"

"Eu não sei. Pode ser." Tamara estendeu a mão e deu a ele seu sorriso mais doce enquanto ele colocava notas de quatrocentos dólares em sua palma. "Você quer outro encontro?"

"Sim. Você não encontra muitas putas que fazem isso sem borracha."

Cadela. Ele odiava a palavra, mas descrevia o que era. Ela suspirou e colocou o sorriso falso novamente. "Bem, venha me encontrar quando estiver pronto."

O clique suave da porta se fechando atrás dela foi reconfortante, e Tamara caminhou o mais rápido que pôde em direção ao elevador. Ela passou por um casal mais velho que lhe deu um olhar malvado e inconscientemente puxou a barra alta de sua saia plissada, sabendo que não cobriria meias de boneca e ligas cor de rosa. O elevador veio e a tirou de seu sofrimento e, em poucos minutos, ela estava de volta à rua, respirando o ar fresco de Nova York.

Tamara viveu em Nova York por quase quatro anos e esteve na prostituição por quase o mesmo tempo. Um encontro casual em um terminal de ônibus quando ela fugiu a conectou a Torrance. Ele estava sempre procurando carne fresca e seu corpo de dezesseis anos era perfeito para suas necessidades. Outra garota, Julieta, a ensinou a jogar e, em pouco tempo, Tamara estava ganhando dinheiro, a maior parte reivindicada por Torrance. Quando ele foi morto a tiros por um traficante de metanfetamina furioso, ela se virou para Sellers, outro cafetão que administrava um estábulo melhor. Ela ganhava mais dinheiro com ele, mas ele exigia que todas as suas garotas montassem clientes sem sela. A princípio ela se recusou, dando oral grátis e usando camisinha ao lado,

Ele foi em direção a Essex e decidiu pegar o beco de volta ao apartamento de Sellers. Seus pés a estavam matando e ela estava com raiva por Juliet ter pegado seus velhos sapatos pretos foda-me sem perguntar. Maldita cadela! Ele teria que colocar uma fechadura melhor em sua porta. Os vendedores provavelmente cuidariam dela.

Uma sombra caiu de uma porta e ela congelou no meio do passo.

"Boa noite." A voz era baixa e culta com um sotaque inglês de David Bowie. "Você está livre esta noite?"

"Não sou livre, mas posso ser comprado."

Ele saiu para a luz e ela sorriu, agradecendo a quem estava lá em cima que ele era alto, magro e bonito.

"Quantos?"

"Depende do que você quer".

"Eu quero que você chupe meu pau e engula meu esperma."

"Sem goma?"

"Sem chiclete. Qual é o custo?"

"$300." Ele gesticulou para que ela o seguisse e eles voltaram para a mesma alcova mal iluminada de onde ele havia emergido. Ele imediatamente começou a desabotoar as calças. "Dinheiro primeiro, professor."

Assim que ele entregou o dinheiro e ela o vasculhou e colocou na carteira, ela se ajoelhou no chão sujo, esperando enquanto ele abria o zíper das calças. Seu pênis saiu, grosso e duro, e ela fez um som agradecido quando ele a alcançou.

"Bom pau. Tem certeza que não quer foder?"

"Tenho certeza."

Tamara não sabia e nunca saberia o que aconteceu depois disso. Tudo o que ela se lembrava era do súbito e ofuscante flash de luz prateada, uma sensação de queimação em sua garganta, e sua cabeça erguida pelo cabelo. Seu pênis desapareceu de vista e, de repente, era impossível respirar. Ela lutou, tentando afrouxar o aperto, mas descobriu que seus braços pareciam pesos de chumbo e seu foco estava embaçado.

Ele apenas sorriu e usando seu cabelo, levantou a cabeça até que seu pênis roçou a grande incisão que ele havia feito em seu pescoço. Seu sangue quente e gotejante revestiu seu pênis, tornando a entrada escorregadia e aveludada. Perfeito. Simplesmente perfeito. Ele empurrou de novo e de novo, seu corpo tremendo enquanto ela gorgolejava e lutava e ele soltava sua carga, assim que ela deu seu último suspiro.

Perfeito. Ele o jogou de lado como o lixo que era e fechou as calças, apreciando a sensação de seu sangue viscoso escorrendo por seus pelos pubianos e secando em suas bolas. Simplesmente perfeito.

CAPÍTULO II

A detetive-chefe Clarice Burton estacionou seu carro sem identificação na borda da fita amarela da polícia e tirou seu distintivo, enfiando-o no bolso da jaqueta. O oficial de registro tomou nota de seu status oficial e acenou para ela passar, observando seu traseiro redondo balançar enquanto ela se dirigia ao grupo de homens de terno escuro, a maioria dos quais desviou o olhar quando ela se aproximou. Era 2004, e o mundo unido dos melhores detetives da cidade de Nova York ainda estava condenando as mulheres ao ostracismo. Ela era considerada um ser menor, embora tivesse a maior taxa de resolução do distrito.

Ainda assim, Clarice Burton não esteve perto de morrer nas mãos de um marido abusivo para permitir que alguns homens com pênis pequenos a afastassem. Seu parceiro, Tony Acosta, assentiu respeitosamente, colocando as mãos nos bolsos e parecendo irritado.

"Oi pessoal." Mario Andreotti e John Stevens murmuraram cumprimentos, observando enquanto ela caminhava pelo círculo em direção ao corpo coberto pelo lençol. Ele puxou as cobertas e examinou a jovem, notando o corte profundo em seu pescoço e a quantidade de sangue que cercava seu corpo inanimado. "Então, o que temos aqui?"

Os homens trocaram olhares e Acosta deixou o círculo, agachando-se ao lado dela enquanto pegava seu caderno. "O nome dela é Tamara Williams, ela tem 20 anos. Ela é uma prostituta que saiu do site Jamie Sellers. Ela foi encontrada por Patrick Miller, o lixeiro que estava lá."

"Alguma testemunha?"

"Ninguém."

"Ela está perdendo alguma coisa?"

"Não que possamos determinar. A carteira dele está lá. Ele tinha US$ 700 em dinheiro, lixa de unha, cartão telefônico e um vidro de esmalte transparente."

"Sem preservativos?"

"Não."

"Certifique-se de fazer uma nota para dizer ao legista para procurar doenças como HIV/AIDS. Ele parece bastante saudável, mas se ele está fazendo um trabalho desprotegido, nunca se sabe."

"Certo. Há outra coisa que você pode querer ver." Acosta calçou uma luva, virou o lençol para trás e usou a ponta de uma velha caneta esferográfica para abrir o corte profundo na garganta da morta. "Você vê?"

Burton inclinou-se para a frente, concentrando-se numa espessa mistura branca que flutuava sobre o sangue coagulado como o caroço branco que normalmente se encontra na clara de um ovo. "O que é isso?"

"É esperma."

"O quê? Como você sabe?"

"Não tenho certeza, mas é o que eu acho." Ele moveu a ponta da caneta para baixo, mostrando a Burton uma linha branca brilhante no interior da pele. "Acho que ele cortou a garganta dela e agarrou seu ferimento enquanto ela estava morrendo."

"Que nojo!" Ele se levantou, flexionando os músculos doloridos em suas pernas enquanto contemplava suas palavras. "Soa como um super pervertido do caralho."

"Eu tenho que concordar com você, Clarence. Bem, o que vem a seguir?"

"Pegue o que puder do lixeiro e supervisione a coleta dele. Diga ao legista que quero saber o que está na garganta dele imediatamente e se for sêmen, envie para um cheque. Podemos ter sorte e encontrar alguém na base." De dados".

"Ok. O que você vai fazer?"

"Fale com Jamie Sellers. Talvez eu possa descobrir quem foi seu último cliente.

"Eu não acho que este era um cliente, Clarence. Eu acho que quem quer que o cara fosse, ele era independente."

"Eu teria que concordar com você, mas não custa tentar."

Burton deixou seu parceiro com seus amigos do departamento e olhou de soslaio para as pessoas reunidas para ver o corpo. Era bem sabido que às vezes o perpetrador voltava ao local do crime para revivê-lo ou para deleitar-se com a inépcia da polícia. O lixeiro não parecia incomodado por ter descoberto um corpo e estava fumando alegremente sem parar, falando ao celular. A única pessoa que chamou sua atenção foi um padre, de pé à beira da multidão, seus lábios se movendo enquanto ele orava em silêncio, olhando para o corpo.

"Estou feliz que alguém está lhe dando uma bênção." Ela murmurou para si mesma enquanto voltava para seu carro. "Todos nós precisamos disso."

Próxima parada: Centro.

* * *

Ele pegou uma cerveja na geladeira e se sentou em sua cadeira favorita, reclinando a poltrona enquanto brincava com o controle remoto. A televisão ligou e um comercial de uma loja de móveis terminou pouco antes do início do Evening News.

"Nossa história principal, uma mulher foi encontrada quase sem cabeça em um beco no Lower East Side." Disse o apresentador. "Nós vamos ao vivo com nosso repórter no local." Neste ponto, ele se inclinou para frente, seu interesse despertado. Enquanto o repórter descrevia o crime, ele examinou os rostos das pessoas no local. Ele adorava as expressões temerosas e às vezes vazias nos rostos dos espectadores. Seu pênis endureceu em suas calças e ele desabotoou a calça do pijama, dando-lhe um longo e duro golpe.

"A detetive principal deste caso, a detetive Clarice Burton, tinha isso a dizer sobre o assassinato." Ele examinou o policial peituda e seu pau ficou ainda mais duro. Como ela era fofa! Todo aquele cabelo ruivo dourado, olhos azuis, peitos enormes... Deus, como ele adoraria enfiar seu pênis entre aquelas belezas e despejar sua carga em seu queixo. Ele deu a si mesmo outro golpe duro, esforçando-se com o esforço. Ela passou a discutir alguns dos detalhes do crime, e sua atenção foi atraída para sua boca, larga e deliciosa, com a ponta rosa pálido que as mulheres jovens gostavam. Ela era mais do que capaz de chupar seu pau. Ele gemeu, esfregando mais forte agora, usando a magia do gravador de vídeo para repetir a entrevista para que ele pudesse ver a boca dela se mover uma e outra vez.

Um formigamento na base de sua espinha sinalizou sua liberação e ele gozou, seu esperma saltando no ar, jorro após jorro pousando no veludo escovado da cadeira e na pilha de tapete bronzeado abaixo. Ofegante, ele ativou o controle remoto novamente e ficou mole, recuperando-se enquanto assistia o resto da entrevista. Ela ficou surpresa ao ver o padre entrevistado em seguida, ouvindo suas palavras benevolentes sobre a preciosidade da vida e sua promessa de rezar pela jovem.

Foda-se Deus! Ele ficou furioso, escondendo-se e bebendo sua cerveja. Aquela puta não merecia viver, não merecia respirar docemente. Se o padre quisesse ter prostitutas para rezar, ele realizaria seu desejo. Ele definitivamente realizaria seu desejo.

CAPÍTULO III

Falar com Jamie Sellers tinha sido inútil. Burton já sabia que ela provavelmente não conseguiria nada dele, mas estava zangada porque o cafetão não entregaria o último cliente de Tamara para interrogatório. Ele não mostrou nenhuma preocupação real com o bem-estar das outras mulheres que trabalhavam para ele, ele só queria saber onde ela foi morta para que ele pudesse manter as outras garotas fora da área por medo de ser presa.

Para ele, Tamara era uma lousa limpa que havia sido apagada e ela só pedia o dinheiro da carteira. Claro, Burton recusou, dizendo que o dinheiro seria dado à sua família, se possível e se nenhum parente fosse encontrado, a Associação Benevolente dos Policiais o receberia. Vendedores, é claro, não estava feliz. Ele bateu a porta atrás de Burton, murmurando baixinho sobre 'malditos porcos que não precisam de mais dinheiro para donuts'.

Já que estava ficando tarde, ela decidiu pegar o arquivo e ir para casa, tirando os sapatos e descendo as escadas para seu escritório. Um grande quadro de cortiça ocupava a maior parte do espaço na pequena sala e ele acendeu as luzes, olhando para o conteúdo do quadro. Instantâneos, 8 x 10 e outros petiscos cobriam quase cada centímetro da superfície, todas representações visuais de mulheres jovens que foram brutalmente assassinadas em seu distrito desde que se tornou policial. Burton abriu a pasta em sua mão e tirou a foto de Tamara, prendendo-a em um espaço vazio.

Seus olhos se desviaram para um 4 x 8 de uma linda garota com cabelos loiros e olhos azuis brilhantes. Tal beleza angelical foi extinta pelo mesmo tipo de mão que matou aquela garota hoje: um homem raivoso que a via como uma ferramenta sexual e não um ser humano. Tim estava fumando um cigarro, assistindo televisão quando Clarice encontrou o corpo de Angie em sua pequena cama. Ele nunca esqueceria a visão do sangue escorrendo por dentro de suas pernas e a pura inocência em seus olhos cegos.

Tim Burton estava na cadeia agora, cumprindo duas sentenças consecutivas de vinte anos pelo abuso de Angie e morte subsequente, enquanto Clarice cumpria uma sentença de prisão perpétua em sua prisão por culpa, o coração de sua mãe cheio de culpa pelo fracasso. Ela engoliu o nó na garganta e levantou a mão trêmula para tocar as bordas desgastadas da foto. Jamais tocaria na parte colorida da foto; esta pequena foto e um ursinho de pelúcia eram tudo o que restava de sua filha.

Burton puxou a mão e voltou os olhos para Tamara. Ela era filha de alguém. Em algum lugar, ele tinha uma cama macia e segura para dormir. Em algum lugar, ela havia comemorado o Natal e a Páscoa com pessoas que se importavam com ela. Ela não tinha o olhar duro de uma prostituta que nunca tinha visto cuidado e preocupação. Em algum lugar, em algum momento, ele experimentou o amor.

"Por que não agora? Quem você conheceu e não demonstrou amor? Quem foi que deixou você morrer em seu próprio sangue? Diga-me, Tamara. Diga-me quem foi."

* * *

"Eu não quero ir, Vendedores, e vocês não podem me obrigar!" Juliet gritou, virando-se para ir embora. Ela estava exausta de trabalhar o dia todo, seus pés doíam, e ela não queria ir fazer aquele trabalho de última hora esperando por ela na esquina. A imagem dos olhos mortos como a morte de Tamara e do corpo retorcido estava muito fresca em sua mente.

O aperto de Sellers como um torno em seu bíceps cortou o sangue de seu braço e ele assobiou, seus dentes alinhados brilhando na luz. "Eu posso fazer você fazer o que eu quero." Ele a circulou, chegando tão perto que ela estremeceu, apesar da bravura que ela tentou expressar. "Você precisa ser lembrado?"

"Não." Juliet se odiou enquanto cuspia a palavra rapidamente, deixando-o saber que sua intimidação estava funcionando. "Mas eu quero que você venha comigo."

"Eu não vou assistir você foder um cara branco! Agora vá." Ele deu-lhe um pequeno empurrão em direção ao homem que esperava. "E pegue o dinheiro primeiro!"

Juliet sacudiu o cabelo ondulado, alisou o vestido e caminhou até o homem, tentando parecer sexy sem pensar no quanto seus pés doíam. "Olá."

"Olá." Sua voz era suave, quase ofegante, e ela desviou o olhar timidamente. "Você é muito bonita."

"Obrigado. Você gosta de mulheres latinas?"

"As amo." Novamente ofegante, mas com um toque de... um sotaque?

"Então você quer um encontro?"

"Sim. Eu quero foder seus peitos."

"Como você está?" Juliet olhou ao redor para se certificar de que ninguém mais estava olhando e deu um aperto sensual em um de seus seios. "Eles são reais. Você quer tocar um?"

Ela timidamente estendeu a mão e segurou um balão, pesando seu doce peso e depois apertando-o. "Ah Merda."

"Duplo D". Juliet orgulhosamente o informou. "300 dólares e eles são seus."

"Você engole?"

"Adicione mais US$ 200 e eu bebo tudo o que você tem para dar."

"Feito."

Rindo, ela o levou para um local atrás da lixeira e estendeu a mão, sorrindo enquanto ele colocava notas de quinhentos dólares em sua mão. "Obrigado." Com essa parte do assunto fora do caminho, ela puxou a blusa para baixo, deixando-o esfregar o rosto contra eles antes de cair de joelhos, esperando sem fôlego para ver seu pênis. Ele desabotoou as calças e puxou seu pênis, batendo contra suas bochechas antes de deslizá-lo entre seus seios. Juliet manteve os seios juntos, inclinando a cabeça para baixo e chupando a cabeça em sua boca com cada impulso.

Ele gemeu, agarrando os ombros dela para se equilibrar e bombeando Blanchdo mais rápido. Iria acontecer em breve, ele sentiu. Aquela cócega familiar. Ele assobiou quando seu pênis entrou em erupção, empurrando-o em sua boca e empurrando-o o mais longe que podia. Ela engasgou no início, depois engoliu, segurando os quadris para não engasgar uma segunda vez. Quando ele finalmente parou de gozar, ela tirou o pau da boca e vestiu a camisa.

"Até logo."

Juliet não viu o braço dele em volta de sua garganta, mas ela ouviu o ranger de sua traqueia quando ela cedeu à força de seus músculos e ossos. E muito em breve, ele não ouviu mais nada.

CAPÍTULO IV

Jim Blanch voltou da escola no mesmo horário de sempre. Sua mãe notou quando ela o recebeu e ouviu seus passos pesados enquanto ele subia as escadas correndo. Ela sorriu. Jim era um bom menino; uma dádiva de Deus após o divórcio contencioso que ela teve que suportar. Ele estava se formando este ano, era um aluno A e adorava jogar basquete com seus amigos. O melhor de tudo, ele limpou o quarto dela sem pedir e a ajudou quando ela precisou.

Na verdade, ele precisava pedir a ela que lhe fizesse um favor. Seu vizinho, o Sr. Greenwell, precisava de um baú trazido de seu sótão e Lorna tinha oferecido Jim para o trabalho. Ela enxugou as mãos no avental, virou o rigatoni de frango e foi até o pé da escada.

"Jim! Você pode vir aqui, por favor?"

Lorna esperou, mas não obteve a resposta normal dele. Talvez ele tivesse a porta fechada ou estivesse ouvindo música. Desde que eu comprei aquele MP3 player para ele, ele às vezes tinha que subir as escadas até seu quarto para chamar sua atenção. Ela suspirou, subindo as escadas. Ele teria que fazer de novo e seu joanete reclamou.

"Droga! Jim!"

Ele subiu as escadas, apoiando-se no pé ferido e se apoiou no patamar, estremecendo. Ela ouvia música. Ele conhecia bem a banda; ultimamente, ele estava obcecado por Franz Ferdinand e tocava seu novo álbum repetidamente. Sob a batida da bateria e o guincho das guitarras, ele ouviu algo mais. Algo sem ritmo; algo que não combinava com a música. Parecia... molas da cama rangendo.

Jim? Ela não chamou tão alto agora. Jim tinha dezoito anos e estava prestes a se tornar um homem, e ela sabia que ele ocasionalmente se masturbava no chuveiro. Ela não queria aborrecê-lo se esse fosse o caso, mas o sentido especial de sua mãe lhe dizia que algo não estava certo. "Jim, eu preciso que você me faça um favor."

Ele se aproximou cada vez mais, a música crescendo em volume e os sons aumentando em velocidade e tom. Sua mão trêmula alcançou a maçaneta e agarrou-a, dando-lhe um giro fácil. Jim?

A visão que encontrou em seus olhos foi uma que Lorna Blanch jamais esqueceria. O quarto de seu filho estava em seu estado habitual de desordem. Cartazes de Jennifer Garner e Jessica Alba foram colados nas paredes junto com mulheres de anime seminuas. E seu filho estava na cama, nu. Suas pernas fortes cavalgavam algo, seus quadris flexionados e os músculos de suas costas ondularam. Lorna deu um pequeno passo para o lado, os olhos arregalados. Sob o corpo de seu filho havia um par de seios perfeitos e ele os segurou juntos enquanto empurrava seu pênis entre eles.

Lorna Blanch gritou.

* * *

"Fala sério?"

Burton e Acosta abriram as portas da delegacia, saíram e desceram correndo as escadas enquanto se dirigiam para o carro dela.

"Gostaria que ele não estivesse. Ele ligou há cinco minutos e disse que seu filho estava fodendo um par de peitos e para vir buscá-los."

Temos certeza de que pertencem a Julieta Friars?

"Não, mas eu realmente não consigo pensar em mais ninguém que está perdendo um par de peitos, você pode?"

Não houve mais conversa até que chegaram ao arenito, batendo para entrar. Lorna Blanch estava dividida entre a raiva e o desgosto, e seu filho obviamente carregava o peso de ambos.

"Sra. Blanch? Eu sou o detetive Burton. Este é o detetive Acosta."

A mulher apertou as mãos vigorosamente, seu olhar zangado voltando para o jovem que tentava se diminuir na cadeira. "Eu o ensinei melhor do que isso. Ele é mais educado do que trazer essa coisa suja para dentro de casa."

Acosta arriscou uma pergunta, com medo de aumentar ainda mais sua raiva. "Sra. Blanch, você tem certeza que eles são... reais?"

"Oh, eles são reais, ok." Ela retrucou com raiva, então se virou para gritar com o filho. "Vá mostrar a eles, Jim.

O jovem não falou. Ele os conduziu escada acima até seu quarto e apontou para sua cama. Um conjunto perfeito de seios descansava perto de seu travesseiro, cuidadosamente esculpidos e aparados para portabilidade, um mamilo perfurado com barra que tinha uma abelha pendurada nele. Burton tirou um par de luvas do bolso e examinou cuidadosamente a carne.

"Eles são dela.

"Como você pode saber?"

Burton ergueu o seio esquerdo e mostrou-lhe as letras tatuadas. minúsculo b.

"Era o nome da rua dele." Ele tirou as luvas e se virou para o jovem. "Onde você achou eles?"

"No lixo." engasgando. "A caminho de casa da escola."

Burton parou para pensar e puxou Acosta para seu lado. "É melhor trabalharmos rápido. Tenho medo do que ele vai fazer a seguir."

CAPÍTULO V

Burton e Acosta vasculharam a lixeira onde Jim Blanch disse ter encontrado os seios, mas não conseguiram encontrar nenhuma outra evidência. Os peitos pertenciam a Julieta; eles se encaixaram perfeitamente quando o médico legista os colocou no buraco cuidadosamente esculpido em seu torso. Acosta quase regurgitou seu schnitzel de vitela ao sair pela porta. O Dr. Arbitag riu tanto que a bola de Vick sob seu nariz ameaçou atravessar a sala.

"Esse deveria estar nas Olimpíadas. Provavelmente tirou alguns segundos do tempo de Usain Bolt."

"Arby, você é um verdadeiro bastardo, sabia disso?" Clarice riu, ajudando-o a colocar a parte do corpo em sua bolsa separada.

"Sim, mas você me ama." Ele fechou a bolsa e colocou-a em um carrinho. "Bem Clarice, não sei o que te dizer, mas não conseguimos encontrar nenhuma evidência útil para você."

"E o sêmen?"

"Nós procuramos por isso, mas não obtivemos nenhum resultado no banco de dados."

Burton tirou as luvas e pisou na alavanca para abrir a lixeira. "Eu realmente não estava apostando nisso de forma alguma. Você sabe que eles geralmente são um tiro no escuro."

"Se às vezes." Arby lavou as mãos e virou-se para o detetive. "Mas você nunca sabe até que você tente."

"Arby, você já viu muitos casos. Eu sei que você não é Michael Baden, mas preciso da sua experiência." Ele fez uma pausa, organizando seus pensamentos. "Ele vai matar de novo e será em breve. Julieta foi ontem. Tamara foi dois dias antes. Depois da meia-noite, teremos outra morte em nossas mãos e o prefeito estará ferrado."

"Você não vai gostar".

Burton sorriu, acalmando-se rapidamente. "Você pode me dar algo para continuar? Qualquer coisa que você sinta?"

Arbitag enxugou as mãos e começou a lavar pedaços de carne e sangue coagulado pelo ralo de uma mesa próxima. Ele olhou para ela por um momento, então soltou a válvula da mangueira, terminando o fluxo de água. "Ele é louco. Ele não só é inteligente, mas também mentalmente doente. Sua escolha de usar prostitutas como alvos não é uma ideia original, mas sua escolha específica de prostitutas que não usam preservativos é."

"Sem preservativos?"

"O canal vaginal ou anal de uma mulher que usa preservativo consistentemente é muito diferente do de uma mulher que não usa. As estrias musculares são muito mais suaves e os músculos vaginais de ambas as mulheres mostraram que nenhuma delas havia praticado sexo seguro recentemente."

"Então eles eram especialistas em fazê-lo sem sela."

Arbitag assentiu, ligando a água novamente e jogando os detritos pelo ralo. "Julieta tinha HIV."

"E Tamara?"

"Clamídia."

"É comunicável?"

"Sim."

"Pode ser tratado?"

"A clamídia pode ser tratada, sim, mas... bem, você conhece o HIV."

"Sim." Clarice olhou dentro do saco plástico grosso, as feições bonitas de Juliet distorcidas pelo material grosso. "Então as duas mulheres foram infectadas, mas ele não se importou."

"Não. Encontramos sêmen na garganta da primeira garota e encontrei um pouco na boca de Julieta quando a examinei. Os caras eram os mesmos."

"Mas por que ele se deu ao trabalho de cortar os seios da mulher e depois descartá-los? Quero dizer, é óbvio pela incisão que ele se deu ao trabalho de fazer um bom trabalho..."

"Talvez ele estivesse com pressa. Talvez ele os deixou lá para você e Acosta, e aquele garoto os encontrou por acaso. Quem sabe? Neste momento, o motivo dele para deixá-los não é o ponto."

"E o ponto é?"

"Por que era necessário para ele cortar mulheres? Ele poderia ter escapado sem machucá-las, mas sentiu que tinha que mutilá-las. Por que isso? Por que a garganta e por que os seios? Por que ele escolheu mulheres que não não usa preservativo?

"Eu estava fazendo uma declaração." Burton disse suavemente. "Uma declaração sobre prostitutas que não usam camisinha. Prostitutas infectadas de baixa qualidade que espalham sua doença para o cliente. Isso é como Jack, o Estripador..."

A palavra que Arbitag sussurrou foi ainda mais suave. "Bingo." Imediatamente, o cérebro de Burton começou a trabalhar, espalhando terra ao redor do jardim de seu cérebro fértil em busca de informações. O legista verificou uma bandeja estéril de instrumentos, certificando-se de que estavam prontos para a próxima entrada. "E que tipo de pessoa gostaria de atingir mulheres assim?"

Mais uma vez, o detetive ponderou sobre a questão, pensando em possíveis respostas. A cidade de Nova York era um lugar densamente povoado com todos os tipos de pessoas que queriam que as Jezebels HIV-positivas fossem eliminadas da face do planeta. Arbitag moveu-se atrás dela, colocando uma, depois uma segunda foto na frente dela. A primeira foto era de uma multidão tirada na cena do crime de Tamara. Tiros de multidão eram padrão e exigidos em todas as cenas de crime trabalhadas na cidade. Sabendo que a maioria dos assassinos eram seres psicológicos, sempre havia a possibilidade de a pessoa reaparecer em cena para deleitar-se com a atenção enquanto ocultava secretamente sua identidade.

Os olhos afiados de Clarice escanearam a segunda foto, uma multidão tirada da cena do crime de Juliet, e não conseguiram encontrar uma conexão. Arbitag percebeu sua frustração e, tirando um marcador preto do bolso da jaqueta, desenhou dois círculos no papel fotográfico e sorriu quando o detetive se aproximou.

"A cura."

CAPÍTULO VI

A mulher era linda. Seu cabelo era de um saboroso tom ruivo, elegantemente penteado em uma touca de cachos ao redor de seu rosto. Sua boca tentadora estava bordada de vermelho e seus seios pálidos se projetavam logo abaixo da bainha de sua camisola de renda, provocando-o com seus tops roliços e sardentos. Ele desejava esfregar o dedo ao longo daqueles picos nevados, mas ainda não a conhecia bem o suficiente.

"Você quer uma bebida?"

Ela balançou a cabeça e se aproximou dele no sofá, virando seu lindo rosto para o dele. Ele entendeu a dica e se inclinou, tomando sua boca em um beijo suave e deslizando a língua em sua boca. Ela era tão submissa e ele adorava isso. Ele queria ser o homem, mostrar a ela que ele poderia cuidar dela, e ele queria que ela soubesse disso. Ainda a beijando, ele estendeu a mão e colocou a mão em um de seus seios, esfregando o mamilo entre os dedos.

"Você gosta disso, não é?"

Ele deslizou a alça de seu deslizamento sobre seu ombro, deixando seus dedos acariciarem sua pele macia. Seu seio se projetava, o mamilo macio e rosado, e ele o lambeu, tomando tempo para sentir as diferentes texturas. O tempo passou, indo e voltando entre os dois, mas sua necessidade era muito grande e ele não podia lutar mais. Enquanto seus lábios exploravam o vale entre seus seios, sua mão deslizou para baixo e se conectou com seu pau duro, apertando-o antes de abrir e liberar.

"Dê-lhe um pequeno boquete, sim?"

Os lábios dela se separaram e ele empurrou a cabeça para baixo, gemendo profundamente enquanto tomava seu comprimento total de quinze centímetros em sua boca, deixando-o bater no fundo de sua garganta. Ela era tão boa... Ele pensou que não conseguiria o suficiente do calor suave e úmido de sua boca e sua língua flexível. Esfregou contra a parte inferior de seu pênis, atingindo o pequeno feixe de nervos ao sul do cume e fazendo-o estremecer.

"Sim, baby. Assim mesmo. Pegue. Pegue tudo."

Ele queria fodê-la, mas uma vez que ela começou a chupar seu pau, ele sabia que não iria durar. Sua pequena garganta formou um vácuo em torno de sua vara e de repente ela estava apertando e chupando ao mesmo tempo. Ele se inclinou para trás na cadeira, mantendo a mão na parte de trás de sua cabeça enquanto seus quadris empurravam para cima, forçando seu pênis ainda mais em sua garganta.

"Oh sim. Oh foda-se baby, eu vou gozar!"

Seu jorro de esperma foi acompanhado por seu grito estrangulado e seu corpo estremeceu com cada liberação, suas pernas rígidas e retas. Ela era tão boa que ordenhava cada gota dele, deixando-o fraco e satisfeito, com um sorriso no rosto. A batida na porta da sacristia apagou instantaneamente aquele sorriso e ele se levantou de um salto.

"Reverendo Perkins?"

"Já vou."

Burton sentou-se em um dos bancos e olhou para Acosta. "O que diabos ele está fazendo lá?"

"Eu não sei. Dando uma bênção particular?"

O detetive riu sombriamente, olhando ao redor da pequena igreja. Ele não ia a uma igreja desde que Angie morreu. Ela pensou que não havia Deus se ele permitisse que uma garota morresse assim. A porta da sacristia se abriu e o reverendo Henry Perkins deu um passo à frente, seu uniforme imaculado. Ele estendeu a mão para Acosta e depois se virou para ela quando ela se levantou.

"Desculpe por ter feito você esperar. Eu estava trabalhando no computador."

"Um computador em uma igreja. O mundo segue em frente."

"Sempre, detetive Burton. As necessidades da alma não são limitadas pela tecnologia." Perkins riu como se estivesse fazendo uma piada particular. "Como posso ajudá-lo?"

"Eu queria te fazer algumas perguntas. Você se importa?"

"Para nada."

"Nós vamos." Burton observou o pastor afastar-se nervosamente dela, observando seu companheiro caminhar ao redor do altar, examinando os artigos sagrados de sua fé com o olhar técnico de um policial treinado. "Percebi que ele estava na cena de Williams. Acho que ele orou por ela."

"Ei sim". Perkins respondeu e então voltou sua atenção para Acosta. Por que está nervoso, reverendo? "Eu dei a ele os últimos ritos."

"Como você sabia que ela era católica?"

"Eu não. Eu dou os últimos ritos para quem precisa, independentemente de sua fé."

"Ou a falta dela?"

O reverendo Perkins balançou a cabeça. "Todos nós recebemos a absolvição se pedirmos perdão por nossos pecados. Por que uma prostituta deveria ser diferente?"

"Isso é muito gentil de sua parte, reverendo Perkins. Foi por isso que você veio à cena dos Frades?"

Ela captou o menor indício de surpresa em seu rosto antes que ele se recompusesse. "A cena dos Frades?"

Burton tirou a foto da pasta que carregava e a mostrou ao homem, observando cuidadosamente sua reação. "Ah, sim. Eu estava a caminho de uma reunião de oração e por acaso o vi. Também lhe dei os últimos ritos."

"Já vejo." Substituiu a foto. "Você viu alguma das meninas antes de morrerem?"

"N-Não."

uma gagueira Por que você está tão nervoso? "Está seguro?"

"Sim, tenho certeza. Eu saberia." Perkins olhou em volta novamente e percebeu que Acosta havia desaparecido. "Onde está o Sr. Acosta?"

"Ah, ele provavelmente está andando por aí em algum lugar, provavelmente do lado de fora fumando."

"Por favor, dê-me licença."

"Reverendo Perkins, ainda não terminei..."

O bom reverendo dirigiu-se à sacristia a toda velocidade com o detetive Burton logo atrás dele. Acosta estava dentro da pequena sala, examinando os certificados emoldurados que pontilhavam os painéis. Ele olhou para cima, confuso, quando Perkins entrou correndo.

"Sim senhor?".

Os olhos de Perkins foram para o armário no canto, notando que as portas estavam firmemente fechadas. "Uh, este é o meu escritório particular, detetive. Eu agradeceria se você saísse."

Os olhos de Acosta encontraram os de Burton e ele deu de ombros. "Não há problema."

Perkins fechou a porta atrás deles e virou-se para os dois detetives. "Ouça, se não houver mais perguntas, eu tenho que me preparar para o culto amanhã à noite."

O detetive Burton apertou sua mão. "Obrigado, reverendo Perkins. Entraremos em contato se tivermos mais perguntas."

Os dois detetives saíram rapidamente da igreja e se dirigiram para o Chevrolet sem identificação estacionado na calçada. "Nosso reverendo Perkins é um homem interessante."

"O que te faz dizer isso?"

"Ela tem uma amiga no armário. Uma boneca de borracha muito realista."

"Uma boneca?"

"Não qualquer boneca. Uma boneca sexual." Acosta tirou um saco plástico do bolso. "Com a boca cheia de sêmen, devo acrescentar."

"O reverendo estava fodendo uma boneca quando ligamos."

"Parece que sim". Costa sorriu. "O que você acha de fazermos uma parada rápida no escritório do legista?"

CAPÍTULO VII

A noite se espalhou suavemente pela cidade como uma mancha escura de fuligem, escurecendo o horizonte e bloqueando as estrelas que ela sabia que estavam lá. Antes de se casarem, Harry sempre comentava sobre seus olhos, dizendo que podia ver o céu neles. Mas esta noite ela chegou em casa mais cedo e o encontrou procurando o paraíso no corpo de uma loira com seios falsos. Depois de onze anos de casamento, ela nunca esperava isso. Ela acreditava em felizes para sempre, no Príncipe Encantado e sua encantadora princesa, e em um golpe de seu pênis, seu marido havia destruído esses sonhos.

E assim, Carla Parker se viu na cantina de sua comunidade local, cercada por admiradores que a trataram com bebida após bebida, bebida após bebida, forçando seu limite. Ele não sabia quando ultrapassou esse limite; ela só sabia que havia parado de se importar com o marido traidor. Era como um objeto estranho alojado na sola de seu sapato e ela o puxou sem esforço e o jogou de lado.

"Com licença." Foi sua voz que atravessou a névoa alcoólica: cortês e cavalheiresco. "Posso te pagar um café?"

Uma exclamação e um grito surgiram em sua súbita entrada em cena. "Ei, quem é você?" Nós vimos primeiro. "Foda-se, seu maldito desgraçado inglês!"

Ela os ignorou e se virou para o homem, dando-lhe um sorriso bêbado. "Sim por favor." Ele pegou a mão dela e a ajudou a descer do banco do bar, agarrando-a graciosamente quando seu calcanhar ficou preso no degrau e a impulsionou para frente. Os outros riram de sua embriaguez, mas não ele. Ele a pôs de pé e a ajudou a sentar em uma cadeira, então serviu o café com creme e açúcar até que ela pudesse levar a xícara aos lábios.

"Melhorar?"

"Sim, muito melhor. Obrigado." O café lavou um pouco do borrão e ela sorriu para o belo estranho. "Obrigado por me resgatar."

"Não há de que." Seu sorriso era quente e fácil. "Ouça, meu apartamento não fica longe daqui. Por que não vamos lá? Posso fazer mais café para você."

"Isso soa bem. Deixe-me usar o banheiro primeiro."

Enquanto ela estava fora, ele terminou seu café e esperou pacientemente que ela saísse, percebendo que outros homens estavam observando atentamente. Ele saiu, enxugou as mãos em um pedaço de papel toalha e foi agredido pelo homem que o chamou de 'inglês bastardo'. Ele não sabia o que aconteceu com ele, mas em poucos segundos, ele era uma sombra violenta de seu antigo eu, atacando o homem e derrubando-o no chão. Os outros homens que estavam conversando com ela se juntaram à briga e, em pouco tempo, o barman estava chamando a polícia febrilmente enquanto cadeiras e garrafas voavam e sangue era derramado.

Quase trinta e cinco minutos depois, Burton recebeu a ligação de Stevens. "É uma briga de bar chamada Sin City."

"Já ouvi falar desse local antes. Por que você está me ligando para falar de uma briga?"

"Você vai querer falar com a vítima, Carla Parker. Ela diz que estava prestes a sair com um homem quando a briga começou. Um inglês."

"Estou a caminho."

Quando ela chegou, o barman estava dando boa noite ao último dos clientes e não estava feliz em vê-la. A mulher estava sentada a uma mesa, em uma cabine, uma bebida na mão trêmula e o cabelo em uma nuvem desgrenhada em volta da cabeça.

Stevens estava esperando por ela, olhando para a frente decotada de sua blusa. "O nome dela é Carla Parker. Ela encontrou o marido na cama com outra mulher e resolveu abafar a raiva. Parece que ela bebeu demais e atraiu a atenção de vários homens que a viram como uma 'oportunidade.'"

"Bastardo bobo." Burton murmurou. "Por que você não o expulsou de casa?"

"Não sei". Ele parou em um lado da mesa. "Sra. Parker, este é o detetive Burton."

Parker olhou para cima, os olhos fundos e vermelhos. Ele começou a falar, mas seu rosto caiu e ele engoliu um pouco de álcool contra a promessa de novas lágrimas. Stevens deu um passo para trás e Burton sentou-se, estendendo a mão e acariciando a mão da mulher.

"Fale-me sobre ele, Sra. Parker.

"Ele parecia ser legal, um cavalheiro."

"Como você sabia que ele era um cavaleiro?"

"Ele tinha um sotaque inglês."

Burton olhou para Stevens e deu à mulher um sorriso encorajador. "Esses são poucos e distantes entre si. Cavalheiros, quero dizer." Parker assentiu, tomando outro gole. "O que mais fez você pensar que ele era um cavalheiro?"

"Ele me ofereceu café quando o resto daqueles idiotas queriam que eu bebesse mais. Ele não queria tirar vantagem de mim como o resto deles."

"Isso foi gentil da parte dele. Muito gentil de um homem estranho que veio em seu socorro, você não acha?" As palavras do detetive deixaram Parker desconfortável, mas ela não disse nada. "Ela disse que ia com ele?"

"Sim, ele me convidou para o apartamento dele. Nós íamos tomar café lá."

"Já vejo." Burton olhou para a mulher. "Você pode me dar uma descrição dele?"

"Alto, moreno, barba, olhos castanhos."

"Você poderia identificá-lo se o vir de novo?"

"Sim." Parker olhou para os outros oficiais, sua curiosidade subitamente aguçada. "Por que ela está tão interessada em um homem que começou uma briga?"

"Porque, Sra. Parker, você tem sorte de estar viva. Achamos que seu cavalheiro inglês assassinou duas mulheres que conhecemos, e você poderia ter sido a número três.

CAPÍTULO VIII

A fúria governava suas veias. Ele não conseguia pensar na dor que perfurou seu crânio e na raiva que fervia seu sangue. Ela tinha. Ela estava comendo de suas mãos e logo, ela estaria sangrando na ponta de sua faca. Maldita puta! Ele enxugou a testa enquanto caminhava de volta para a frente do bar, incapaz de evitar voltar à cena. E lá estava ela, aquela detetive idiota da TV, sentada em frente à mulher. Eu ainda poderia tê-la. Agora ele tinha que encontrar uma maneira de fazer isso...

O celular de Burton tocou e ela o ligou, saindo da cabine.

"Burton".

Olá, sou Acosta.

"Onde você esteve? Tentei ligar para você cinco vezes!"

"Eu estive aqui no laboratório. Você me disse para esperar pelos resultados, lembra?"

"Sim, mas você não pode atender o telefone?"

"Eu tenho recebido uma explicação técnica sobre o DNA nas últimas duas horas, Clarence. Meu cérebro está sobrecarregado."

Burton riu. "Então, que notícias você tem para mim?"

"Há coincidência."

"Você está de brincadeira?"

"Não. O sêmen do padre é compatível. Estou a caminho da casa do juiz para aprovar o mandado de prisão."

Burton digeriu a informação enquanto se virava para olhar Carla Parker. Algo não estava certo, mas ela não sabia o que era.

"Você quer que eu o encontre na casa do juiz Anderson?"

"Não, isso não é necessário. Eu posso cuidar de tudo isso. Eu te ligo quando tiver as coisas no lugar e nos encontraremos para prendê-lo."

"Ok. Bom trabalho, Acosta."

"Obrigado, Clarence. Vejo você mais tarde."

Ele desligou o telefone e olhou para a mulher. Que era? O que a estava incomodando? Burton deu de ombros e caminhou até onde Stevens estava.

"Nós temos o cara."

"O que, garoto de hoje à noite?"

"Não. O assassino. Eu vou te contar sobre isso mais tarde. Agora, nós temos que levar a Sra. Parker para casa e sair daqui."

"OK."

Parker ergueu os olhos quando ela se aproximou.

"Eles o pegaram?"

"Não, mas pegamos o assassino, então você está livre para ir."

"Você não acha que ele é o assassino?"

"Não. Temos provas irrefutáveis que provam que não é, então você está seguro."

Os olhos de Carla se encheram de lágrimas. "Graças a Deus."

"Detetive Stevens vai garantir que ela chegue em casa sã e salva."

"Isso não é necessário. Não vou para casa. Só vou para um hotel na mesma rua."

"Ainda assim, o detetive pode levá-la ao hotel."

Parker se levantou, terminou sua bebida e pegou sua bolsa. "Obrigado de qualquer maneira, mas eu vou andar. Eu preciso de um pouco de ar fresco, se você entende o que quero dizer."

"Sra. Parker, eu não tenho que lhe dizer que é perigoso andar sozinho a esta hora da noite."

"Eu vou tomar cuidado." Ele tropeçou em direção à porta, endireitando-se enquanto agarrava a maçaneta da porta. "Obrigado pela ajuda."

Os detetives a observaram partir, ambos balançando a cabeça em sua estupidez. Stevens deu um tapinha nas costas de Burton. "Não é sua culpa, Clarence. Ela é uma mulher adulta.

"Não poderíamos prendê-la por embriaguez e conduta desordeira?"

"Na verdade não. Seria descartado por um detalhe técnico ou seríamos processados." Ele sorriu. Ou sabendo da nossa sorte, ambos.

Ela riu, assentindo. "Você está certo. Bem, vamos indo e eu vou te contar sobre o padre no caminho."

* * *

Carla cantarolou enquanto descia a rua. Ele adorava a cidade de Nova York àquela hora da noite. O vapor subindo dos esgotos, os reflexos dos letreiros de neon nas poças prateadas escuras, os sons de motoristas impacientes e o cheiro de escapamento combinados para tornar a cidade um lugar mágico para se estar quando o sol se afasta do céu. Estar bêbado também não prejudicou a experiência. Isso aumentou tudo e ela certamente se sentiu 'alta'.

Foda-se Harry! Ele riu e pulou feliz, lembrando da atenção que recebeu esta noite. Vê Harry? Você não é o único que pode conseguir outra pessoa! Ao se aproximar da esquina, ela o viu ali parado, com um sorriso no rosto, e correu, jogando-se em seus braços. "Para onde você desapareceu?"

"Saí pela porta dos fundos. Não sou muito de lutador."

Ela tocou o caroço em sua têmpora direita e ele estremeceu. "Oh sinto muito."

"Você ainda quer aquele café?"

Ela notou o brilho em seus olhos e sorriu. "Você quer dizer, em seu apartamento?"

"Sim."

"Não. Mas eu vou tomar uma bebida."

"OK, vamos lá."

Ela o deixou liderar o caminho, tropeçando e rindo enquanto ele os conduzia pelas ruas e becos. Finalmente, ele parou em um beco escuro, empurrando-a contra a parede e beijando seu pescoço. "Espero que você não se importe com uma rapidinha. Você é tão linda que não consigo evitar."

"Não." Ele disse sem fôlego. "Não me importa". Seus lábios ásperos a estavam deixando louca, beliscando a carne sensível de seu pescoço e fazendo-a estremecer. Quando as mãos dele se moveram para a cintura dela, subindo pela bainha do vestido, ela não protestou. Seu corpo estava faminto, faminto pela atenção de um homem que obviamente gostava de sua companhia. Vá para o inferno, Harry. Seus dedos rasgaram a calcinha de seu corpo e ela abriu as pernas em antecipação. "Oh sim." Ela sussurrou, sua boceta formigando. "Foda-me."

As palavras terminaram com um uivo estrangulado, seu corpo empalado na tesoura de costureira de grandes dimensões que ele inseriu em sua vagina. Sangue, grosso e quente, cobriu sua mão e ele parou para cheirá-lo antes de empurrar seu pênis dolorido em suas torrentes latejantes. Ela tentou arranhá-lo, mas ele segurou facilmente seus pulsos com uma mão enquanto a outra segurava seus quadris perto. Logo a luta deles ficou fraca, os olhos dela estremeceram e ele a penetrou mais violentamente, seu sangue quente e aveludado lubrificando seu canal.

Quando Carla Parker deu seu último suspiro, ele explodiu dentro dela, seu pênis engrossando com cada pulso de sêmen que respingava em seu interior e se misturava com o rico sangue. Isso foi o melhor até agora, ela pensou, deixando seu pênis deslizar para fora dela e usando seu vestido para limpar um pouco do sangue. Agora, para deixar um recado para aquele detetive: um recado para que ela saiba que ele não deveria brincar com ele.

Uma mensagem para que ela soubesse que ela era a próxima.

CAPÍTULO IX

O reverendo Perkins pareceu bastante surpreso quando um pequeno exército dos melhores policiais de Nova York apareceu na porta da igreja. A prisão ocorreu sem problemas e Burton, Acosta e Stevens ficaram para trás com os outros policiais, vasculhando as instalações em busca de evidências adicionais.

"Claire!" A ligação de Acosta a fez correr, e ela e Stevens entraram na sacristia e se dirigiram para o pequeno apartamento do ministro. Seu parceiro estava de pé do outro lado da sala, apontando para o fundo do armário; o mesmo armário que abrigava a boneca sexual de borracha de Perkins. Um líquido escuro escorria constantemente por debaixo da porta, fluindo em riachos pelo chão de cimento e encharcando um tapete pequeno e esfarrapado.

Stevens caminhou até a porta, usando seu lenço para pegar uma das maçanetas da porta e empurrou-a lentamente. Dentro, ao lado do torso de borracha, estava o torso de uma mulher, uma visão que causou um suspiro de todos os presentes.

"Jesus Cristo! Essa é Carla Parker!"

Burton se aproximou, os olhos fixos no rosto da mulher. Sua expressão era de desolação, de dar sua vida e isso abalou a detetive até o fundo de sua alma. O olhar em seus olhos... "Clarence. Clarence, você está bem?"

"S-Sim." Ela voltou ao seu modo profissional, ainda chocada. "Estou bem."

Acosta estava atrás dela, sua voz baixa e tímida. "Clarice, ela se parece com você." Pela primeira vez, o detetive Burton olhou para o corpo, realmente olhou para ele. Carla Parker era morena, mas seu cabelo era loiro. Colocaram uma peruca na cabeça dele. "E olhe, no peito dele." Enfiado no tecido adiposo do peito de Carla Parker estava um distintivo da polícia. O número da placa de seu carro, 5803, estava escrito e preso a uma tira de fita anti-séptica. Stevens e Acosta olharam para ela por um longo momento, sem querer comentar.

"Foi ele."

"O que?" Acosta gritou.

Era ele. Nosso inglês.

"O que você está dizendo? Como pode ser ele quando temos provas sobre Perkins?"

"Eu não sei como explicar, Stevens. Eu só sei. Esta é uma mensagem para mim."

"Por que você?"

"Ele deve ter voltado para o bar. Ele deve ter me visto com ela e decidiu que eu a estava mantendo longe dele." Burton não conseguia tirar os olhos dos olhos vazios de Carla Parker. "Ele está me dizendo que ele está vindo para mim em seguida."

"Mas e o reverendo Perkins?"

"Ele é inocente."

Acosta estava na frente dela. "O que você está fazendo? Nós temos esse idiota preso!"

"Temos?"

Ela olhou para Stevens, que também estava olhando para ela. "O que diabos é isso?"

"Isto é um arenque vermelho, encenado para nosso benefício e para implicar Perkins. Perkins não é o assassino." Ela se virou para sair da sala, jogando palavras por cima do ombro, "Ele está lá fora esperando por mim."

* * *

Colocou duas moedas na máquina e enfiou o jornal debaixo do braço. Seu apartamento ficava a poucos quarteirões de distância, e isso era uma parte necessária de sua rotina diária, sua maneira de manter uma conexão com o mundo real. Ele consultou o relógio e acelerou o passo. Quase seis. Hora das notícias. Hora de descobrir se aquele detetive recebeu sua mensagem.

A transmissão do Breaking News começou às 5h59 e ele se acomodou em sua poltrona reclinável, jornal no colo e uma cerveja na mão. "Boa noite. Começamos com as últimas notícias de St. Peter's no Lower East Side. O reverendo Henry Perkins foi preso pelos assassinatos de Tamara Williams, Julieta Friars e a última vítima, a recepcionista de 38 anos, Carla Parker.

A Sra. Parker já havia se envolvido em uma briga no Sin City Bar, mas conseguiu escapar sem ferimentos. Uma vez que a polícia saiu, a Sra. Parker saiu por conta própria, apesar de ter sido oferecida transporte pela polícia e foi roubada e morta na Canal Street."

Ele ouviu atentamente o locutor, pesando cada palavra e procurando um vislumbre daquela cadela, detetive Burton. Ele se perguntou se ela seria corajosa o suficiente para enfrentá-lo. Finalmente. O que ele esperava. A vadia da polícia peituda apareceu na tela.

"Você pode nos contar mais sobre esta investigação?"

Os olhos da mulher deixaram o rosto do repórter e foram para a lente da câmera. "A investigação não terminou. Prendemos uma pessoa de interesse, mas pessoalmente não acho que essa pessoa seja o autor. Acho que ele ainda está lá fora, esperando para atacar novamente."

Burton olhou para a câmera, ignorando os sussurros irritados de Stevens, que estava bem atrás dela. "Recebi sua mensagem. Estou esperando por você."

O repórter se afastou dela para encerrar o segmento da transmissão, e Stevens agarrou seus ombros e a girou. "Que diabos está fazendo?"

"Tentando encontrar o assassino, John. Hora de jogar o seu jogo."

CAPÍTULO X

Clarice Burton parou na frente do espelho e olhou para seu reflexo com cuidado. Durante anos ela escondeu sua feminilidade sob o uniforme, atrás de um distintivo que a equiparava a todos aqueles que a vitimizariam em nome dessa feminilidade. E isso foi bom. Ela se movia dentro dos círculos do apartamento, aparentemente alheia aos sussurros que a seguiam quando ela entrava na sala do esquadrão, mas sempre dolorosamente ciente de que não importa o quanto ela tentasse, ela sempre seria vista como uma garota ruiva com peitos enormes.

A mudança para detetive tinha sido uma obsessão. Ele trabalhou duro, lendo e estudando quando os meninos estavam festejando ou jogando pôquer, e o trabalho duro valeu a pena. Ele se ergueu da escória do escritório, subindo para a escória dos detetives. Sua capacidade inata de farejar evidências manteve sua cabeça e ombros acima da média e logo, ela foi notada por suas habilidades extraordinárias. Agora, ela poderia assumir o comando à sua maneira e teve a sorte de se relacionar com Acosta como seu parceiro. Embora fosse uma das maiorias que odiava o influxo de mulheres nas fileiras dos detetives, ele manteve a boca fechada e fez seu trabalho.

Ela não se reconheceu. Essa pessoa, parada na frente do espelho... essa era a pessoa que ele tinha sido todos aqueles anos atrás. A mãe de Angie. Uma mulher que gostava de ser mulher. Uma mulher que gostava de ser tocada e beijada. Uma mulher que desfrutava do corpo de um homem ao lado do dela, tornando-se um sob o farfalhar dos lençóis de algodão. Apenas ver seu próprio corpo curvilíneo no vestido a fez perder a intimidade do toque de outra pessoa e ela se perguntou por que estava realmente fazendo isso. Ele queria pegar o assassino ou fazer sexo?

O relógio do corredor bateu meia-noite e ela congelou na frente do quadro, seu coração batendo em seus ouvidos. Seus olhos varreram os rostos, parando por alguns segundos para homenageá-los adequadamente. Ela estava fazendo isso por eles, por cada uma daquelas pobres almas que perderam a vida por gente como o inglês. Ao detê-lo, ela estaria concedendo a eles um pouco de paz e talvez a si mesma também. Era a hora de ir. Me dê força.

Ela fechou a porta, verificando se o distintivo e a arma estavam na bolsa, e entrou no carro sem identificação que havia dirigido para casa. Seu cabelo ficou em pé imediatamente, mas ela não teve tempo de tirar a arma da bolsa. Calmamente, serenamente, ele inseriu a chave na ignição e disse: "Olá, Jack".

"Olá, detetive Burton." Ele se sentou no banco de trás, mantendo o cano da arma pressionado contra a parte de trás de sua cabeça e certificando-se de ficar nas sombras. "Você está bonita esta noite."

Seus olhos encontraram os dele no espelho retrovisor. "Eu me vesti assim para você."

"De verdade?" Sua voz rouca enviou calafrios por ela. "Você está dizendo que quer brincar comigo?"

"Sim, Jack. Eu quero brincar com você."

Ele se aproximou tanto que ela podia sentir seu hálito quente em seu pescoço. "Sabes o que significa?"

Clarice sentiu um tremor no estômago e não pôde fazer nada para detê-lo. Ele sabia exatamente o que queria dizer e se não ganhasse este jogo, o resultado seria sua morte. "Sim," ela disse suavemente. "Eu sei o que isso significa."

"Você pode se tornar minha maior obra-prima, Clarice. Uma mulher tão corajosa para enfrentar a morte."

"Você não vai me matar, Jack."

"Não o farei?"

"Você prefere me foder."

Sua mão de repente se fechou sobre sua garganta, forçando o ar para fora de seus pulmões. "Eu posso fazer as duas coisas, detetive. Não me provoque. Se você fizer isso, você pode não achar a experiência tão excitante."

Ele queria responder, mas não tinha fôlego para isso. Em vez disso, ela assentiu e sua mão se foi tão rápido quanto apareceu e ela engasgou. "Sinto muito, Jack. Eu não queria deixá-lo com raiva. Eu só estava deixando você saber que eu estava me oferecendo completa e completamente para o seu prazer."

"Você não tem que oferecer. Eu aceito o que eu quiser."

Sua mente tentou trabalhar rapidamente. Ele estava com raiva agora, algo que ela não queria. "Sinto muito Jack."

Ele se inclinou. "É assim que eu gosto de uma mulher. Submissa. Você conhece o seu lugar, detetive Burton?"

"Sim." Ela respondeu sem hesitar. "Meu lugar é abaixo de você."

Ele sorriu no escuro, seu pênis endurecendo com a resposta dela. Esta seria certamente a melhor noite de sua vida. "Você está tão certo, detetive. Agora ligue o carro e eu lhe direi para onde ir."

Com as mãos trêmulas, a detetive Clarice Burton ligou o carro, engatou a marcha e partiu para a escuridão, sem saber se chegaria viva em casa.

CAPÍTULO XI

Ela não sabia como ela fez isso, mas de alguma forma ela conseguiu dirigir o carro, seguindo as instruções que ele deu a ela. Algumas vezes, quando os carros da polícia passavam, ela pensava em acenar para eles e se perguntava o que Acosta e Stevens estariam pensando, se eles teriam voltado à sua casa para procurá-la quando ela não estava lá. Esperançosamente eles estavam procurando por ela agora, mas ela não estava esperando que eles a encontrassem. As instruções que Jack lhe dera os levaram para fora da cidade, fora do alcance que os detetives estariam procurando, e de alguma forma ela sabia que ele estava ciente disso. Finalmente, ele a encaminhou para uma garagem e ordenou que ela estacionasse o carro.

"Estamos aqui, precioso." Sua voz profunda soou em seu ouvido quando ele desligou o motor. "Por que não vamos para onde é mais quente?"

"OK." Ela alcançou a maçaneta da porta, mas a mão dele em seu ombro a deteve.

"Espere. Venda primeiro. Feche os olhos."

Ela fez o que ele disse, tremendo ainda mais quando ouviu a porta traseira do carro se abrir. A mudança no carro a alertou para o fato de que ele havia saído do banco de trás e o ar frio a atravessou quando ele abriu a porta. Ele colocou um pedaço de pano macio com protetores para os olhos no rosto e, quando abriu os olhos, não conseguiu ver nada. Sua mão cobriu a dela e ela estremeceu ao sentir sua pele áspera.

"Pronto, detetive?"

Burton não confiava em sua voz, ela estava tão assustada que apenas assentiu e abandonou completamente seu controle. Eu estava entorpecido; ela não podia sentir nada, exceto onde a mão dele tocava a dela e cada passo enviava choques através de seu corpo, sacudindo-a firmemente de volta à realidade. Ele sentiu uma subida no caminho, depois passos, então um longo corredor passando pela porta da frente. Seu movimento para frente diminuiu e ela se sentiu sendo manobrada em torno de algo e então gentilmente empurrada para trás. Quando voltou, ela sabia que estava sentada em uma cama e seu coração pulou uma batida.

"Bem-vindo à minha casa, detetive."

"Obrigado. Posso tirar a venda?"

"Não. Eu quero que você continue até eu decidir como esta noite vai terminar."

"Justo o suficiente, eu acho."

Burton tentou respirar fundo, esperando que isso ajudasse a manter seu medo sob controle, mas ela sabia que ele percebeu que ela estava petrificada. "Você é diferente do que eu pensava." Ele começou, suas mãos acariciando seus ombros. "Eu estava esperando uma mulher durona, mas você é tudo menos durona."

"Por que você achou que seria duro?" Ela odiava o tremor em sua voz, mas o calor de suas mãos através do tecido fino de seu vestido estava chegando até ela.

E ele sabia disso. "Você teria que ser duro para ser um detetive de homicídios." Suas mãos subiram pelos braços dela, levantando arrepios em seu rastro. "Quando foi a última vez que um homem tocou em você assim?" Quando ela não respondeu, ele continuou, inclinando-se perto de seu ouvido. "Quando foi a última vez que um homem lhe disse que você era espetacular?" Seus dedos se moveram para baixo, roçando seus mamilos, fazendo-a ofegar. "Quando foi a última vez que um homem te deu uma boa e forte foda?"

Clarice não conseguia falar. Quando foi a última vez que você teve uma boa e dura foda? Esqueça, quando foi a última vez que você a beijou? O fato de ele não poder responder era um sinal revelador. "Muito tempo." Ela respondeu suavemente.

"Uma mulher bonita como você?" Ele se aproximou. "Tenho certeza de que existem centenas de homens por aí que te amam, então por que você está sozinho?"

"Sou policial. Não tenho tempo..."

"Para relacionamentos?" O Rio. "Já ouvi isso antes. Mulheres bonitas nunca tiveram tempo para mim, especialmente aquelas putas." Suas mãos acariciaram seus seios, envolvendo-os e envolvendo seus mamilos através do tecido. "Tira o vestido".

Ele começou a dizer alguma coisa, mas mudou de ideia. Lentamente, ela se levantou, desabotoando a parte desabotoada do vestido e deixando-o cair de seus seios. Ela estava prestes a empurrar o resto do vestido para baixo quando os lábios dele atacaram seus mamilos, lambendo e chupando até que eles subissem em pontos doloridos. Clarice engasgou, amando cada lambida e chupada que ele estava dando nela. Foi tão bom ser estuprada que ela esqueceu o perigo e só pensou nas mãos quentes dele em seu corpo.

"Eu quero foder você, detetive. Você está pronto para jogar o meu jogo?"

Com o corpo tremendo com a atenção dele, ela empurrou o vestido para baixo, esticando os ombros. "Sim, Jack. Vamos jogar.

CAPÍTULO XII

Burton ainda estava com medo. Ela estava nua e com os olhos vendados, esperando seu comando como só um escravo ansioso poderia. Todos os nervos estavam à flor da pele. Cada cabelo estava em pé. Cada fibra dela estava tremendo, cada parte esperando por sua palavra.

"Jogo duro, detetive. Você pode lidar com isso?"

"Eu posso lidar com muito mais do que você pensa, Jack."

"De verdade?" Uma pitada de descrença brincalhona coloriu suas palavras, e ela cerrou os dentes contra o tremor de medo que a percorria. Ele respirou deliberadamente contra seu pescoço, o calor a fazendo estremecer. "Posso pensar em muitas coisas para fazer com seu belo corpo."

"Eu aposto que você consegue." Ele disse suavemente. "Mas por que você não me deixa servi-lo?"

"Por quê? Isso é trabalho de prostituta." Seu tom passou de brincalhão a zangado em segundos, algo que a assustou. "Devo tratá-la como aquelas putas?"

"Não." Burton disse rapidamente. "Sinto muito Jack." Ele caiu de joelhos, abaixando o queixo no peito. "Por favor, aceite minhas desculpas."

"Eu aceito suas desculpas." Ela sentiu a bota dele em suas costas, empurrando-a para frente em seu peito. "Mas se acontecer de novo, eu vou te matar. Você entende?"

"Sim Jack."

"Tudo bem. Eu odeio mulheres que pensam que podem me superar. Isso não pode ser feito."

"Sim Jack."

"Lampe minha bota." Clarice se inclinou, sabendo que seu pé estava sob o rosto, e mostrou a língua, sentindo o gosto de uma combinação de terra e sal da estrada. O gosto era horrível, mas ela tentou não demonstrar porque tinha certeza de que ele estava olhando. "Ok. Agora levante."

Ela se levantou lentamente, seu corpo ainda tremendo. Mesmo enquanto as mãos dele circulavam seu corpo, mirando em seus seios pesados, ela sabia que a doçura de seu toque era uma mentira. A carícia prazerosa se transformou em uma litania de dor, pontuada por seus gritos. Seus dedos beliscaram a carne tenra de seu peito com tanta força que ela sabia que iria se machucar quase imediatamente. Ela lutou contra o desejo de lutar com ele; ela sabia que era isso que ele queria. Então a tortura ficaria pior. Seus dedos encontraram novos alvos, e Burton quase desmaiou de dor de seus mamilos torcidos.

De repente, ele parou, deixando seu hálito quente cair em cascata pelo pescoço dela. "Você é muito durão, detetive." Ela não falou porque estava se esforçando tanto para não chorar, mas ela sabia que ele sabia de qualquer maneira. Ele pegou a mão dela e a conduziu por um longo corredor, então a ajudou a descer alguns degraus. "Vamos ver como você gosta disso."

No momento em que sentiu a pulseira de couro escorregadia em seu pulso, soube que estava em apuros. Ela tentou lutar, mas ele era muito mais forte, forçando-a a entrar no quadro, agarrando primeiro um pulso, depois o outro. Ela tentou chutá-lo, mas ele agarrou sua perna e facilmente a amarrou em uma cinta de couro, encaixando o outro tornozelo em um também. Agora ela estava completamente à sua mercê.

"Você foi uma menina tão boa, detetive. É uma pena que você tenha que ser punido."

"Não!" Burton torceu os braços, tentando agarrar o couro, mas não encontrou nenhum. O quadro balançou e torceu, virando-a para que ela ficasse pendurada para frente, e um estalo atrevido atrás dela alimentou seus piores medos.

"Sim!"

O chicote atingiu o centro de suas costas e ele engasgou com a dor cortante que atravessou seu corpo. O chicote caiu de novo e de novo, fazendo-a gritar a cada vez, mas saiu como um gemido. Dez chicotadas depois, ele era uma massa soluçante de carne, sacudindo as mãos e ainda tentando se libertar.

"Deixe-me ir, seu pedaço de merda!"

"Ah, e aí, detetive? Você queria jogar e agora não gosta das regras?" A moldura se inclinou mais uma vez, baixando-a alguns centímetros, e ela sabia o que estava por vir. "Bem, por que não começamos a festa?" Ela sentiu seus dedos em sua boceta seca. "Prepare-se, detetive. Estou prestes a abri-lo."

Burton sentiu seu impulso e ouviu seu grito sem palavras. Suas mãos deixaram seu corpo e ele puxou para fora de sua boceta, levando a gaiola com ele. Todavía con los ojos vendados, solo podía imaginar cómo sería la escena: sangre corriendo roja por sus piernas mientras brotaba de dos agujeros en la cabeza de su pene, dos agujeros que habían sido perforados en su carne por dos postes de plata unidos a una jaula de prata. que se encaixam em sua boceta. Os espinhos em sua base garantiriam que ele sangrasse profusamente se você tentasse removê-lo.

"Cadela!" Ele gritou de algum lugar atrás dela. "Que porra você fez comigo?" Ela puxou seus braços e pernas e ainda não encontrou alívio. "Cadela! Você..." O silêncio repentino foi quebrado apenas por um gemido e ela ouviu a gaiola bater no chão, rapidamente seguida pelo som de seu corpo batendo nela.

A detetive Clarice Burton estava pendurada na moldura, ainda soluçando, não de medo, mas de alívio. Acabou. Agora, ele só tinha que esperar o farol de sinalização para trazer ajuda. Acosta e Stevens viriam aqui em breve. Ela só teria que sofrer as piadas do escritório de ser encontrada nua. Estava tudo acabado agora.

CAPÍTULO XII

"Clarice! Clarice!"

Ela ouviu a voz de Stevens, mas estava muito entorpecida para se mexer. Seus braços pareciam chumbo e ela estava tonta pelo sangue que se acumulava em sua cabeça. As amarras de couro caíram, uma a uma, e a ajudaram a ficar de pé, apenas para descobrir que ela não conseguia ficar de pé. Braços fortes a levaram para um lugar onde a deitaram e a cobriram com algo. Alguns minutos depois, a venda foi retirada e as ventosas saíram cheias de uma mistura de suor e lágrimas.

Ela piscou contra a luz forte, reagindo como alguém que olhou para um flash e ficou momentaneamente cega. Alguém passou um pano frio em seus olhos, limpando os detritos, e ela levantou a mão para esfregá-lo, ainda piscando furiosamente. Mais alguns minutos e sua visão clareou o suficiente para o rosto de John entrar em foco, sua expressão impagável.

"John, isso é medo que eu vejo?"

"Está bem?"

"Sim, estou bem. Onde está Acosta?"

Stevens engoliu em seco, seus olhos se movendo para um ponto no chão. "Ele está ali."

As palavras não afundaram até que ele viu o corpo, então a descrença nublou sua mente. Seu parceiro, seu colega mais próximo, estava deitado no chão, uma poça de sangue espalhada como um cobertor embaixo dele. A gaiola estava a centímetros de sua mão, seus espinhos cheios de carne gelatinosa. "Tony?"

O detetive Stevens colocou as mãos nos ombros de Burton, sua voz baixa à medida que mais policiais entravam na sala. "Foi Acosta, Clarence. Foi Jack."

"Ele não poderia estar. Como..."

"Hoje cedo recebi um telefonema do Dr. Jonathan Herbert. Ele disse que vinha tratando Acosta nos últimos dez anos e que Jack era uma de suas personalidades evidentes."

"Por que você não entrou em contato conosco antes de agora?"

"Aparentemente, ele estava em Baltimore em uma convenção. Ele não voltou até esta manhã e colocou sua leitura em dia. Foi quando ele descobriu que era Acosta."

Um tremor começou no fundo de Burton que ele não conseguiu parar e ele caiu em lágrimas nos braços de Stevens. Ela esteve perto da morte. Isso não era o que mais a assustava. Foi que todo esse tempo, Acosta esteve tão perto dela.

"Tire-me daqui, John. Por favor. Leve-me para casa."

* * *

Os próximos dias foram preenchidos com mais atividade do que Burton poderia suportar. Toda a mídia queria falar com o detetive durão que pegou o assassino apelidado de 'Jack, o Estripador', mas ela não queria nada com isso. Retirou-se para sua casa, passou um tempo em frente à parede de quadros de cortiça e chorou incontrolavelmente. Ele quase falhou com eles. Ela estava tão imersa em seu trabalho, em sua busca por esse assassino, que se esqueceu de viver. Era isso que Angie queria para sua mãe, afastada da civilização?

Quatro dias após o assassinato, ela foi condenada ao escritório do comissário para fazer um relatório completo e saiu da experiência sentindo-se exausta. O chefe de polícia aconselhou-a a tirar alguns dias de folga para organizar seus pensamentos, e ela concordou, ainda muito emocionada com o briefing para protestar. Ao passar pelo escritório do detetive, ele parou para olhar para dentro e viu o que tanto desejava fazer parte. Stevens, Andreotti e alguns outros caras estavam reunidos em torno de uma mesa, brincando e rindo juntos.

Ela não conseguia parar. Ela empurrou a porta aberta, entrando no espaço aberto e todos os olhos se voltaram para ela. Burton engoliu em seco, dizendo a si mesma que verificaria se havia mensagens no telefone e sairia em silêncio. Todos observaram enquanto ela passava, mancando um pouco devido às feridas curadas do chicote, observando silenciosamente sua força silenciosa. O primeiro aplauso a congelou e ela se virou para ver Stevens de pé e batendo palmas para ela. Andreotti e os outros se juntaram e em instantes, todos os detetives estavam de pé e aplaudindo a coragem da detetive Clarice Burton.

Ele foi até sua mesa e verificou suas mensagens, enxugando as lágrimas com raiva enquanto rabiscava as informações. Ao desligar o telefone, notou um pequeno pacote no canto e o desembrulhou lentamente. Dentro estava a gaiola vaginal prateada, com as pontas intactas, exceto pelo fato de estarem perfurando um modelo de brinquedo de Jack, o Estripador. Uma pequena nota anexada na parte inferior dizia: Bem-vindo à selva. Por alguma estranha razão, as palavras trouxeram lágrimas aos seus olhos e ela entendeu o que seus colegas estavam dizendo. Ela sempre foi um deles e ela era especial para a equipe de uma forma que eles não eram. Sua masculinidade não lhes permitia admitir seu amor por ela, mas eles a deixavam saber que a amavam.

A detetive Burton assoou o nariz, endireitou-se da mesa e saiu, aliviada ao notar que a sala dos detetives havia voltado ao normal, as pessoas atendendo ligações, preenchendo papéis e discutindo casos. Ele parou na mesa onde os meninos estavam. "Eles me devem o almoço."

"O que?" Andreotti disse, olhando para seus colegas detetives.

"Eu conheço a rotina. Resolva um caso, o grupo te convida para almoçar, certo?"

Stevens riu. "Se for verdade."

"Tudo bem. Cada um de vocês me deve um almoço."

Burton saiu da sala com um sorriso no rosto e um fogo no coração. Eu vou viver, Angie. vou viver

FIN

65